Vorwort

Mann stiehlt Ochsenschwanzquasten

Auf frischer Tat ertappt:
Er wollte Bürsten machen

Pavia, 18. August

Beim diesjährigen Viehmarkt in Certosa di Pavia fiel einem aufmerksamen Beobachter auf, dass zahlreichen Rindern die Schwanzquaste fehlte. Mangels einer natürlichen Erklärung oblag die Ergründung des Sachverhalts den Carabinieri, welche einen gewissen Edmondo Minoia, 19 Jahre alt, dabei ertappten, wie er gerade wieder sein scharfes Taschenmesser an die Schwanzborsten eines Ochsen setzte, und zwar mit der Absicht – wie er zugab –, sich Rohstoff zur Bürstenmacherei zu besorgen. Gegen Minoia wurde Anzeige erstattet.

Attenzione attenzione

È vietato l'ingresso ai non addetti al lavoro

È vietato il lavoro ai non addetti all'ingresso

È ingrassato l'addetto ai non vietati al lavoro

È lavato il gessetto ai non addetti all'ingrosso

È ingrossato il divieto ai non lavati di fosso

È addetto all'ingresso il non vietato al lavoro

È avvallato il lavoro all'ingresso del foro

È levato di dosso il divieto del tetto

È addossato il divieto ai non venati di rosso

È arrossato il viadotto ai derivati del cloro

È venduto il cruscotto con paletti di gesso

È ingessato il bompresso ai maledetti del fosso

È mozzato il permesso ai garetti del toro

È maledetto il congresso dei cavilli del moro

È forato il moretto nei contratti del coro

È contrito il foretto ai lavori del messo

È cessato il forzetto al divieto dell'oro

È venduto il merluzzo non senza decoro

È dettato il permesso ai verdetti del foro

È vietato l'ingresso agli addetti al lavoro

Achtung Achtung

Zutritt für Unbefugte verboten

Verbot zum Unfug beizutreten

Unfug für Zutreter vonnöten

Zu vergnügte Fugen entfernen

Vertreten für Boten untersagt

Besagte Tritte frei verfügen

Befugte treten Versager mit Füßen

Untersagen ohne zu zetern

Vertreter vor Ort sind beizufügen

Betretene, bitte Unrecht verfugen

Fug und Recht für alle geboten

Bretter mit Verboten bestücken

Ein Schritt voraus zu unsren Piloten

Zubrot her, verrührt und gerettet

Vorbote, bitt für uns Getretene

Verfügt: Dankend Rotes erbeten

Fürbitten fertig – Tritt angeboten

Statt Brot tu bitte Humbug

Befugten ist der Zutritt verboten

Eltern haften für ihre Kinder

Maschine zur Zähmung von Weckern

Guten Morgen allerseits. Raus mit der Sprache: Ihr könnt es auch nicht leiden, jeden Morgen vom Kreischen des Weckers aus dem Schlaf gerissen zu werden. Der gesamte Vorgang des Erwachens muss schonender gestaltet werden. Aufgepasst: Zuallererst ersetzt ihr die schreckliche Bimmel durch einen schlichten trockenen Schwamm. Dann schleift ihr den Stundenzeiger (1) wie die Klinge eines Messerchens, sodass er den Bindfaden (2) durchtrennt, den ihr vorher so gespannt habt, wie es eurer Weckzeit entspricht. An diesem Bindfaden wiederum hängt ein mattweiß glasierter Schamottstein (3) von stattlicher Größe, der kreuzweise mit möglichst zweifarbiger Schnur umschlungen ist; wird der Stein nicht mehr vom Bindfaden gehalten, fällt er auf die Sackpfeife (4) und drückt diese zusammen. Der Sackpfeife entfährt ein Liedchen, dessen Akkorde ihr am Vorabend eingestellt habt (aber denkt daran, den Wecker aufzuziehen und die Sackpfeife aufzublasen). Der Luftstrom der Melodie wird auf ein Schaufelrad (5) aus elf gestärkten Straußenfedern treffen und es in eine Drehbewegung versetzen. Durch die Drehung rollt sich über einer schwarzen Riemenscheibe aus Genoveser Fabrikat eine Schnur (6) auf, welche mit einem Ruck ein Streichholz (natürlich von der Sorte, die sich durch Reibung entzünden) aus seiner Halterung (7) reißt, es entflammt und den kleinen Gasbrenner auf Kastanienbikarbonatbasis (8) entzündet. Das Bikarbonat wird sogleich sein typisches blaues Flämmchen aufzüngeln lassen und das falsche nachgemachte Kunstersatzkaffeesurrogat im Kännchen erwärmen (darf ich es noch einmal sagen: Kännchen, danke. Noch mal bitte, ich mag es so gerne: Kännchen Kännchen Känn, danke, meine Freunde). Im, wir sagten es bereits, Kännchen mit der Nummer 9.

Anmerkungen

a) *Eine gute Imitation nachgemachten Ersatzkaffeesurrogats erhält man, indem man den Doppelgänger eines Fälschers ausschickt, um bei einem zum Militär einberufenen und durch einen aus der Toskana gebürtigen Verwandten vertretenen Drogisten einige Milligramm künstlichen Farbstoffs käuflich zu erwerben, welchen man mit einem Liter Mineralwasser versetzt, nicht ohne sich dazu einen falschen Bart ums Kinn gebunden zu haben.*

b) *Kastanienbikarbonat muss gegen Ende August besorgt werden, sonst verliert es ein wenig an Farbe.*

c) *Wer partout als etwas Besonderes gelten will, der kann nach Belieben den Schwamm ein klein wenig befeuchten, aber mit lauwarmem Wasser.*

d) *Auf baldiges Wiedersehen.*

9
3
2
2
7
8
8
6
1
4
5

Flügelflatterventilator

Es ist leicht ersichtlich, dass diese Maschine eine Sommermaschine ist, und wenn ihr euch benehmt und es unterlasst, mir in den Allerwertesten zu treten, erkläre ich euch, wie sie funktioniert. Seid ihr bereit? Also los: An die Sonnenblume (1) ist mit Vorkriegsschnürsenkeln eine Lupe (2) gebunden. Das durch die Lupe gebündelte Licht trifft auf die Fröschin Romilda (3) und verbrennt ihr den Hintern, sodass sie mit einem Satz in das Aluminiumsieb (4) springt. Durch das Froschgewicht senkt sich das Sieb in die Badewanne (5), fast bis zum Rand gefüllt mit Wasser und Minzextrakt, worin besagte Romilda sich erfrischen kann, bevor sie wieder ihren Arbeitsplatz einnimmt (entschuldigt mich einen Moment, ich werde am Telefon verlangt...). Also... wo waren wir stehen geblieben, das Sieb undsoweiter undsoweiter senkt sich in die Wanne und betätigt den Seilzug (7), der Seilzug, der über eine farbige Riemenscheibe (6) läuft, hebt den Boden der Schnapsflasche (8) und gießt den Inhalt in das Aquarium (9), in dem eine alte Forelle ihr Dasein fristet. Die Forelle trinkt und bekommt einen Schwips; an ihrem Schwanz ist eine durch den Käfigrahmen (11) gesteckte Blume befestigt (10). Durch das Getorkel der ollen Forelle schwankt die Blume in alle Richtungen, und die beiden Riesenschmetterlinge mit Flügeln groß wie Fächer versuchen vergebens zu blumen (= auf einer Blume landen), wobei sie die gewünschten Luftbewegungen verursachen.

Anmerkungen

a) *Den Zylinder, der zum Blumentopf für die Sonnenblume umfunktioniert wurde, hat mir Andrea Mac Brambilla aus Como geschenkt. Der verehrte Freund ist der Erfinder der berühmten Handtuchautomaten, an denen man nasse Handtücher bekommt. Sicher sind sie euch in den Foyers der großen Theater und Kinosäle aufgefallen. Er hat sich mit dieser Erfindung eine goldene Nase verdient und wohnt heute in einer Unterwasservilla. Als ich ihn das letzte Mal sah, erzählte er mir, er habe seine dänische Dogge in Aalhaut kleiden lassen.*

b) *Sollte dieser Apparat nicht funktionieren, dann schwenkt euer Taschentuch ein paar Mal gen Westen.*

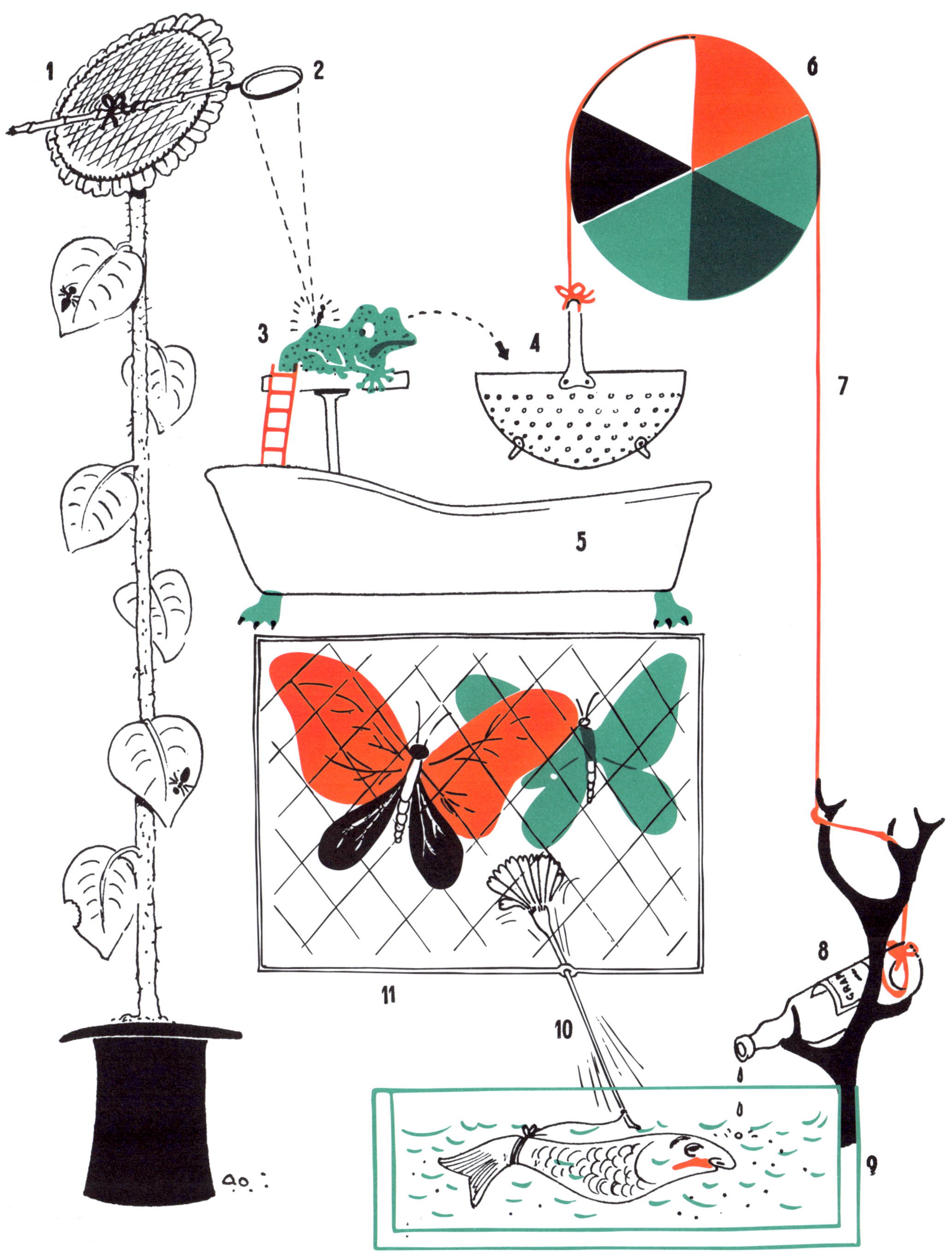
1
2
6
3
4
7
5
8
11
10
9

Eidechsenbetriebener Motor für matte Schildkröten

Die Schildkröte heißt Catari (1). Was macht Catari, wenn sie sich auf den Weg machen will? Sie bittet einen Passanten, ihr die Kerze (2) anzuzünden. Die Flamme verkokelt den Bindfaden (3); der nicht länger in der Schwebe gehaltene Kegel fällt auf die Kerze und löscht sie aus; sie war ja sowieso nur dazu da, den Motor in Gang zu bringen. Abgesehen davon zieht der obengenannte Kegel (5) im Fallen die Röntgenaufnahme des Unterleibs einer Gnitze (4) mit herunter und enthüllt die Libelle (6). Die Eidechse Marcellina (7) erblickt die Libelle und rennt auf sie zu, doch ach wie so oft im Leben, glaubt die Bemitleidenswerte den ersehnten Happen zu schnappen und setzt doch nur das Rad (8) in Bewegung, welches wiederum mit einem ausgetüftelten Ritzelgetriebe verbunden ist (fabriziert aus feinstem Appenzeller und eilzugestellt durch einen abgefeimten Pfiffikus). Über dieses Ritzelgetriebe bewegt sich unablässig ein Treibriemen hin und her, bestehend aus zweiunddreißigtausend Kürbissamen (9), und überträgt die Bewegung an ein Rad (10), dessen Reifen genau den gleichen Farbton hat wie Cataris Panzer. Am verchromten Schwänzchen eines dreijährigen Schweinchens (11) hängt ein Glühwürmchen aus Treviso, welches als Rücklicht dient. Fort mit dir, Catari, fort in die blaue Nacht, nur du allein, in die weite Welt hinein.

Anmerkungen

a) *Apropos Schildkröten, ich wollte euch ja erzählen, wie der Brauch des Händeschüttelns entstanden ist. Es war vor ungefähr hundert Jahren, da musste Geo Coc zu einer sehr weiten Reise ins Ungewisse aufbrechen, und um seinen Freunden seine Zuneigung zu zeigen, umarmte und umhalste er sie zärtlich. Das hatte nie zuvor jemand getan, doch alsbald wurde es allgemein Brauch. Nach zehn Jahren kehrte Geo zurück und wurde von seinen alten Freunden freudig willkommen geheißen, nicht zuletzt, weil er ihnen als Mitbringsel das grünlackierte Gerippe einer asiatischen Schnecke überreichte (hört ihr auch gut zu, Kinder?). Der Winter kam und Geo beschloss, eine neue, weniger gefahrvolle und ganz kurze Reise zu unternehmen, weshalb er es als ausreichend befand, lediglich ein Bein anstatt des ganzen Freundes zu umarmen, und so geschah es. Auch dies wurde allgemein Brauch. Drei Monate später kam Geo wieder und brachte seinen Freunden den Schwanz einer Schwalbe mit. Es wurde Sommer und Geo wollte ins Nachbardorf fahren, um sich ein Paar marmorierte Sandalen zu kaufen; er scharte seine Freunde um sich und umfasste ihre Unterarme. Bei seiner Rückkehr wurde Geo zum Ritter geschlagen. Am nächsten Morgen musste er eine Schachtel Streichhölzer besorgen gehen: »Warte kurz auf mich«, sagte er zu einem gerade anwesenden Freund und wandte sich zur Tür, drehte sich jedoch einer Eingebung folgend wieder um und umfasste die Hand des Freundes. Komisch sahen sie aus, wie sie ganz still dastanden, einander die Hände haltend, aber Geo war so geistesgegenwärtig, der Hand des Freundes ein paar Schüttler zu verabreichen, und so wirkte alles ganz normal. Auch das wurde allgemein Brauch. Es gab sogar ein paar ganz Schlaue, die behaupteten, das Schütteln müsse behandschuht erfolgen, während andere beim Händedruck den Hut zehn Zentimeter über den Kopf lüpften.*

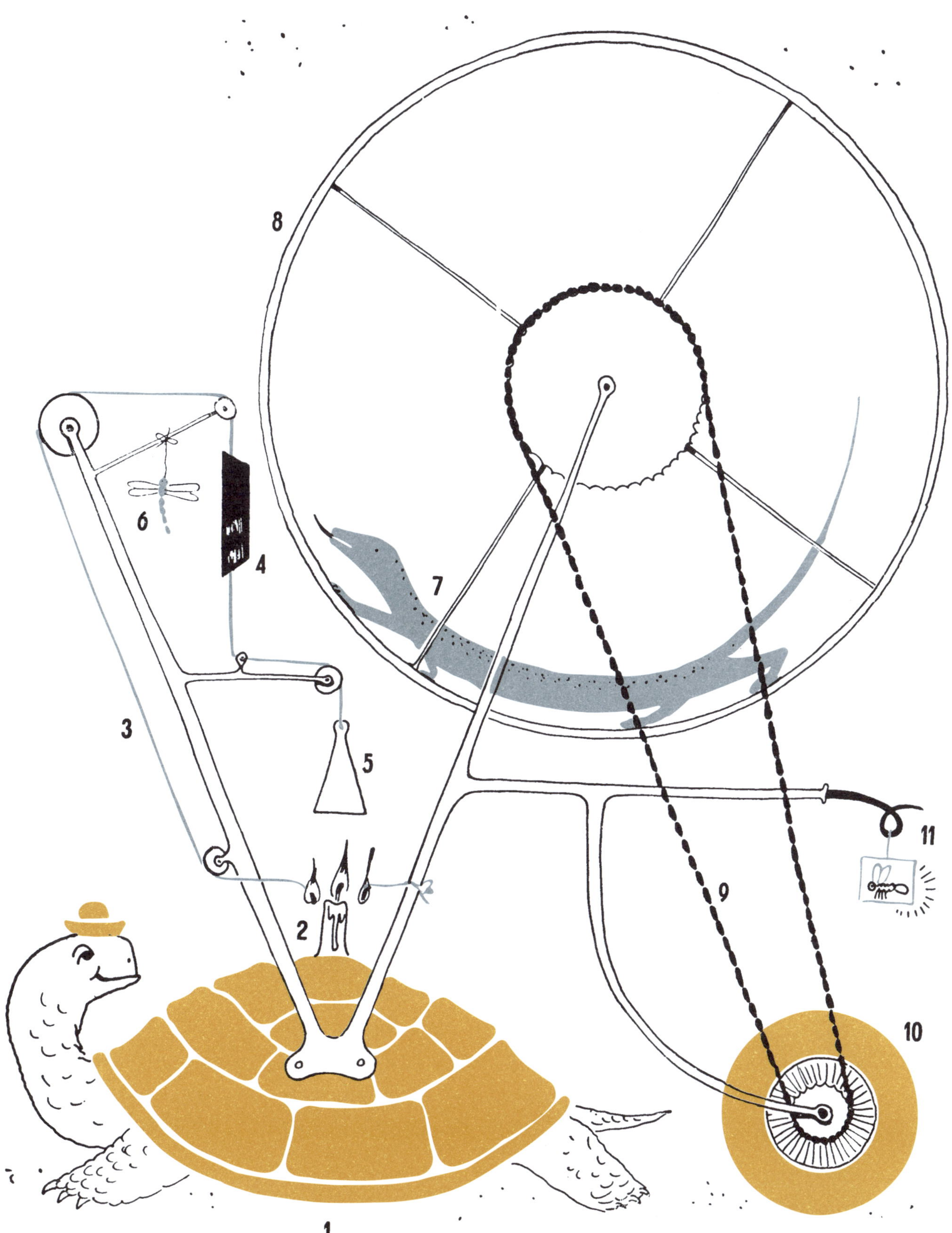
8
6
4
7
3
5
11
2
9
10
1

Eine Vorrichtung, um an künstlichen Blumen zu riechen

Ein Schornsteinfeger, der einen roten und einen grünen Strumpf trägt, sitzt, unseren Blicken verborgen, im Kamin (1) und bläst auf seiner funkelnden Trompete die sehnsuchtsvollen Melodien seines ägyptischen Heimatortes. Angelockt von der Musik, setzen sich zwei junge Schwalben (2) auf die unechte Notfalltelefonleitung (3), die aus gutem Grund nicht unweit verläuft. Das Gewicht der beiden Vögel betätigt die Sprungfeder im Inneren der Schachtel (4), deren Deckel sich öffnet. Die Innenseite des Deckels besteht aus einem Spiegel aus dem achtzehnten Jahrhundert, in welchem Toni Tresoldi, seines Zeichens Uhrmacher aus Bari (5), einige seiner kostbaren Uhren gespiegelt sieht, die gerade in heißer Gemüsesuppe schwimmen. Tresoldi verliert die Besinnung und fällt auf den Fahrradschlauch (6), dem ein heftiger Stoß frischer Bergluft entfährt, welcher auf die an einer Schellackplatte befestigten Teetässchen (7) trifft. Die Schallplatte beginnt sich zu drehen und setzt vermittels eines Zahnradgetriebes (8) das Kapaunfederrad (9) in Bewegung, welches den Duft des Parfüms, das ihr zuvor auf die Blumen (10) gegossen habt, euren Nüstern entgegenweht.

Erlaubt mir, euch und euren Familien bei dieser Gelegenheit die herzlichsten Grüße zu übermitteln, in der Hoffnung, euch eines schönen Tages im Frühling alle miteinander, liebe Leserinnen und Leser, in der Straßenbahn Linie 5 wiederzusehen. Auf ein Neues.

Anmerkungen

a) *Toni Tresoldi, seines Zeichens Uhrmacher aus Bari, ein komischer Kauz, hat es nach jahrelanger Tüftelei und Forschungsarbeit geschafft, inwendig zu erröten. Das heißt, er kann jetzt ungeniert rot werden, wenn ihr euch gerade am verlängerten Rücken kratzt – und keiner merkt es, keiner wird es je merken.*

b) *Der Schornstein, der von vorne schwarz getüncht ist, ist hinten weiß; und während die beiden unserem Blick abgewandten Seiten der Schachtel gelb und violett sind, ist der Deckel schwarz.*

c) *Die Schwalben sind Zwillinge.*

d) *(Hinter der Schachtel liegt ein weißer Stein.)*

e) *Nieder mit dem Geiz.*

1
2
3
4
5
6
7
8
9
10

Verfahren zum Außer-Gefecht-Setzen von Mücken

Ein wunderschöner Käfig aus himmelblauem Karnickeldraht feinster Qualität (1) beherbergt die Mücke, welche wir außer Gefecht zu setzen wünschen. Ihr durchtrennt die Schnur des Luftballons (2), woraufhin die Türklappe (3) aus metallverstärktem Sperrholz aus morschem Holunder herabfällt und Mücke Cindy (4) in die Freiheit entlässt. Angemessen ausgehungert stürzt diese sich auf das Bild der verfetteten Tante im Badeanzug, die den Blick aufs Meer gerichtet hält (5). Indes, die Tante ist auf ein Blatt hauchdünnes Durchschlagpapier gemalt, welchselbiges die Mücke durchstößt. Nach einigen Manövern, die Gleichgültigkeit vorschützen sollen, findet sie sich an Punkt 6 wieder, wo vor ihren Äuglein eine ungemein appetitliche Vergrößerung roter Blutkörperchen erscheint (7). Cindy wird mit vollem Flügeleinsatz versuchen, diese Leckerei zu erreichen, aber heeee! Antonio Pinza, Ventilator aus Udine (8), der sofort angegangen ist, erzeugt einen derartigen Luftwirbel, dass sich Cindy achtzehn Stunden und drei Minuten später gezwungen sehen wird, das Vorhaben aufzugeben und entkräftet auf die mit Tagpfauenaugeneierschalen gepolsterte Mücken-Ottomane (9) niederzusinken. Beim Kontakt mit dem Mückeleinchen beginnt die Ottomane kraft einer im Sockel (10) verborgenen Rüttelautomatik zu vibrieren. Arme Cindy!, sie kann nicht mehr, aber, welch Glück, im Aufspringen von der vermaledeiten Ottomane erblickt sie das niedliche, fette Gesicht eines eingeschlummerten Ordensritters (11), der seine Wange ihrem Stachel darzubieten scheint. Cindy wagt einen letzten, verzweifelten Versuch und zerschmettert ihren Stachel am Marmor, aus dem das Gesicht des Schlafenden hergestellt ist. Eine kleine Tragbahre (12), gefertigt von den mitleidigen Händen eines Eremiten vom Corso Garibaldi, entführt die sterblichen Überreste einer der lästigsten Mücken der Neuzeit.

Anmerkungen

a) *Ich habe euch schon zehntausendmal gesagt, Mücken-Ottomanen gibt es nicht zu kaufen. Wenn ihr eine braucht, dann sagt mir, in welcher Farbe ihr sie gern hättet, und ich lasse euch eine anfertigen.*

1
2
3
4
5
6
7
8
9
10
11
12

Automatisches Kochzeitmessgerät für harte Eier

Nehmt einen erfahrenen Kibbel-Kabbel-Spieler zu Hilfe und bittet ihn, laaangsam das rote Ei (1) in den Topf mit kochendem Wasser (2) gleiten zu lassen. In der Zwischenzeit werdet ihr (der Maschine zur Zähmung von Weckern sei Dank) zu früher Stunde aufgestanden sein und eine ihrer Strohverkleidung entledigte Weinflasche ans untere Ende eines Spazierstocks (3) gebunden haben. Diese Flasche dient als Schwimmer und steigt, sobald das Ei ins Wasser taucht, nach oben, wobei sie den als Hebel funktionierenden Stock bewegt, der in der Abwärtsbewegung (4) eine Rasierklinge gegen den dünnen Faden (5) drückt. Dieser wird entzweigeschnitten, die Schildkröten Annetta und Luciana, siamesische Zwillinge (6), rutschen eine schiefe Ebene (7) aus Semmelbröseln entlang und stoßen gegen die Zweihunderttausendunddreikerzen-Glühbirne (8), die zerplatzt. Der plötzliche Knall reißt die Schnecke (9) Maria Schnegelin aus Monselice (wohnhaft und Eigentümerin von Viale Marianna 247, 4) aus ihren Erinnerungen an die gute alte Zeit, als sie noch Zeitungen verkaufte (Details folgen). Die erschreckte Schnecke entfleucht in Richtung des Salatblattes, wo sie Rast macht, um eine Erfrischung einzunehmen (10). Bei Ankunft der Schnegelin ist das Ei fertig.

Anmerkungen

a) *Maria Schnegelin traf ich einmal mit dem Tandem auf der Strecke Neapel–Capri (das Tandem war auch auf dem Schnellboot), und während der Überfahrt erzählte sie mir von ihrem Leben als Zeitungsverkäuferin, an das sie gerne zurückdenkt, wenn es gerade einmal nicht knallt. Sie sagt: Eines Tages habe ich, um die Auflage einer Zeitung, deren Namen ich hier nicht nennen will, zu steigern, auf meine Kosten zahlreiche Exemplare aus Gummi speziell für Kurzsichtige drucken lassen. Sie mussten nicht mehr nach ihrer Brille suchen, um die Wörter zu vergrößern, es genügte, mit minimalem Kraftaufwand die Zeitung in die rechte Größe zu ziehen. Außerdem ließ ich die gesamte Zeitung auf eine einzige Seite drucken, auf der anderen Seite befand sich ein hübsches Tapetenmuster, sodass man nach beendeter Lektüre die Zeitung noch verwenden konnte, um den Flur zu tapezieren. Ich machte auch den Versuch, sie mit abwaschbarer Tinte auf Seide zu drucken; aus der ausgelesenen Zeitung hätte man sich ein schönes Hemd schneidern können. Doch war alles umsonst, alles ist passé, da sank ich aufs Kanapee, den Kopf in deiner Hand, oh weh, dachte an jenen Tag, herrjemineh, da ich geboren ward auf grünem Klee. Wiedersehen, Gaetano.*

b) *Gaetano war ein alter Freund von ihr aus Kindertagen, derzeit der Eigentümer einer Fabrik für Sekundenzeiger von Damenuhren.*

1
2
3
4
5
6
7
8
9
10

Verfahren zum Schalmeispielen bei Abwesenheit von Zuhause

In einem im passenden Neigungswinkel angebrachten Spiegel (1) erblickt die schwarze (schwarz gefärbte) Katze (2) den himmelblauen Mäuserich Mattia in seinem Käfigdomizil (3). Nun hat nie jemand den Katzen erklärt, was Spiegel sind, und da ist es nur natürlich, dass unser Kätzchen ein wenig zurückschreckt, teils aus Furcht vor der Maus, teils, na ja, Sie wissen ja, die Preise für frisches Obst in diesen Zeiten.... Direkt vor die Nase bekommt Mattia nun ein Seil (4) gehängt, das trickreich mit besonders lange gereiftem Parmesan eingeschmiert wurde; unser »Kandidat« lässt sich die Gelegenheit nicht entgehen, und, so ein Schlawiner!, knibbelt, knabbert, nagt daran herum. Das Seil reißt, und das mit Veilchenduft besprengte und in Zellophan eingeschlagene Kohlebügeleisen (5) saust herab. Von seinem Gewicht wird das andere Seil mitgezogen, wodurch sich das Ventil (6) öffnet. Aus der Druckluftflasche (7) entweicht durch den Schlauch (8) ein Stoß nicht mehr zusammengepresster Luft, fährt in die Schalmei (9) hinein und als Ton wieder hinaus. Auf der Schalmei hockt ein Entenjunges aus der Provinz (10), dessen Flügel durch ein Band aus reiner Seide zusammengehalten werden, und weil die aus der Schalmei austretende Luft brühheiß ist, sieht sich das Entenjunge gezwungen, von einem Loch zum anderen zu tänzeln und dabei eine gefällige Melodie zu improvisieren.

Anmerkungen

a) *Ihr habt sicherlich bemerkt, dass den Worten »in diesen Zeiten« vier Pünktchen folgen. Also gut, ich schulde euch eine Erklärung: Die ersten drei Pünktchen sind Auslassungspunkte, der vierte dagegen ist ein Schlusspunkt. Jawohl, mein Lieber.*

b) *Unsere Firma hat, um Unsere Ehrenwerte Kundschaft zufriedenzustellen, welche den Preis für die Kosten unserer Maschine zu reduzieren wünschte, den Versuch unternommen, die Flügel des Entleins mit einer Schleife aus Kunstseide zusammenzubinden; weil aber daraufhin Beschwerden seitens der Allerersten Käufer dieser unserer Maschine eingingen, hat sie in Anwesenheit eines uralten (erdnusssüchtigen) Notars den Beschluss gefasst, zum Zwecke des reibungslosen Funktionierens unserer Apparate fortan ausschließlich erstklassige Rohstoffe zu verwenden.*

c) *Das Bügeleisen muss nicht unbedingt mit Veilchenduft besprengt werden.*

d) *Himmelblaue Mäuse sind das Resultat einer Kreuzung zwischen Maus und Papagei.*

1
2
3
4
5
6
7
8
9
10

Gerät zur vorzeitigen Inaugenscheinnahme der Morgenröte

Lasst euch einen alten Wecker (1) schenken und bindet eine strapazierfähige Schnur (2) an den Klöppel. Zieht den Wecker auf und stellt ihn so ein, dass er exakt zu dem der aktuellen Wettervorhersage entsprechenden Zeitpunkt klingelt. Wenn der Klöppel gegen die Schelle schlägt, bewegt er gleichzeitig die Nagelfeile (3) hin und her, welche, durch einen als Gegengewicht dienenden künstlichen Zebraknochen (4) in der Horizontale gehalten, schließlich den Stab (5) durchgefeilt haben wird, der wiederum das waagerechte Brett (6) stützt, das sich dadurch immer mehr neigt. Auf diesem Brett schlummert Luigi Occhio aus Catania, der, wie es nur natürlich ist, vorzeitig die Morgenröte in Augenschein zu nehmen wünscht. Luigi (7) rutscht hinunter und fällt justament in den großen Weidenkorb (8). Und es ist ein großer Zufall, dass genau in dem Moment, als Luigi auf beiden Füßen im Korb landet, der Ballon (9) in den Himmel emporsteigt.

Anmerkungen

a) *Gewiss habt ihr alle in den Zeitungen von letztem Dienstag den Artikel gelesen, welcher die Überschrift trug: »Will vermeintlich ungeladenen Revolver reinigen – TÖDLICH VERLETZT«; nun denn, der Verletzte war just unser Luigi Occhio, Alter: neunzehn Jahre, mittelloser Unterleutnant, der, so stand in dem Artikel zu lesen, gestern, gegen drei Uhr, dabei war, seinen Revolver zu reinigen, als, auf leisen Pantoffelsohlen, seine Mutter das Zimmer betrat, um eines heftigen Wortwechsels willen, den sie, am Vorabend, absichtlich vom Zaun gebrochen hatte, nämlich wegen eines Mädchens, das, ohne böse Absichten zu hegen, dem Luigi, welcher, von der Mutter zur Rede gestellt, keine Erklärung geben konnte, zwei Perlmuttknöpfe geborgt hatte; nun, diese, auf, wie gesagt, leisen Sohlen ihrer (schwarzen) Pantoffeln ins Zimmer getreten, warf ihm, mit aller Kraft, eine große Vase, ohne jeden Wert, an den Kopf, welche ihn an der Schläfe traf, wobei sie ihm, wirklich und wahrhaftig, eine tödliche Verletzung zufügte. Wie es heißt, wird Luigi in zwei Stunden genesen sein. Der Revolver war tatsächlich nicht geladen. Entschuldigt die vielen Kommas.*

b) *Der Stützstab des Brettes, auf dem Luigi schläft, besteht aus einer minderwertigen Eisen-Zucker-Legierung.*

c) *Der sechstoberste Ziegel des Mäuerchens ist aus Holz.*

d) *Unsere Firma bietet auch Vorrichtungen zur Betrachtung des Sonnenuntergangs an.*

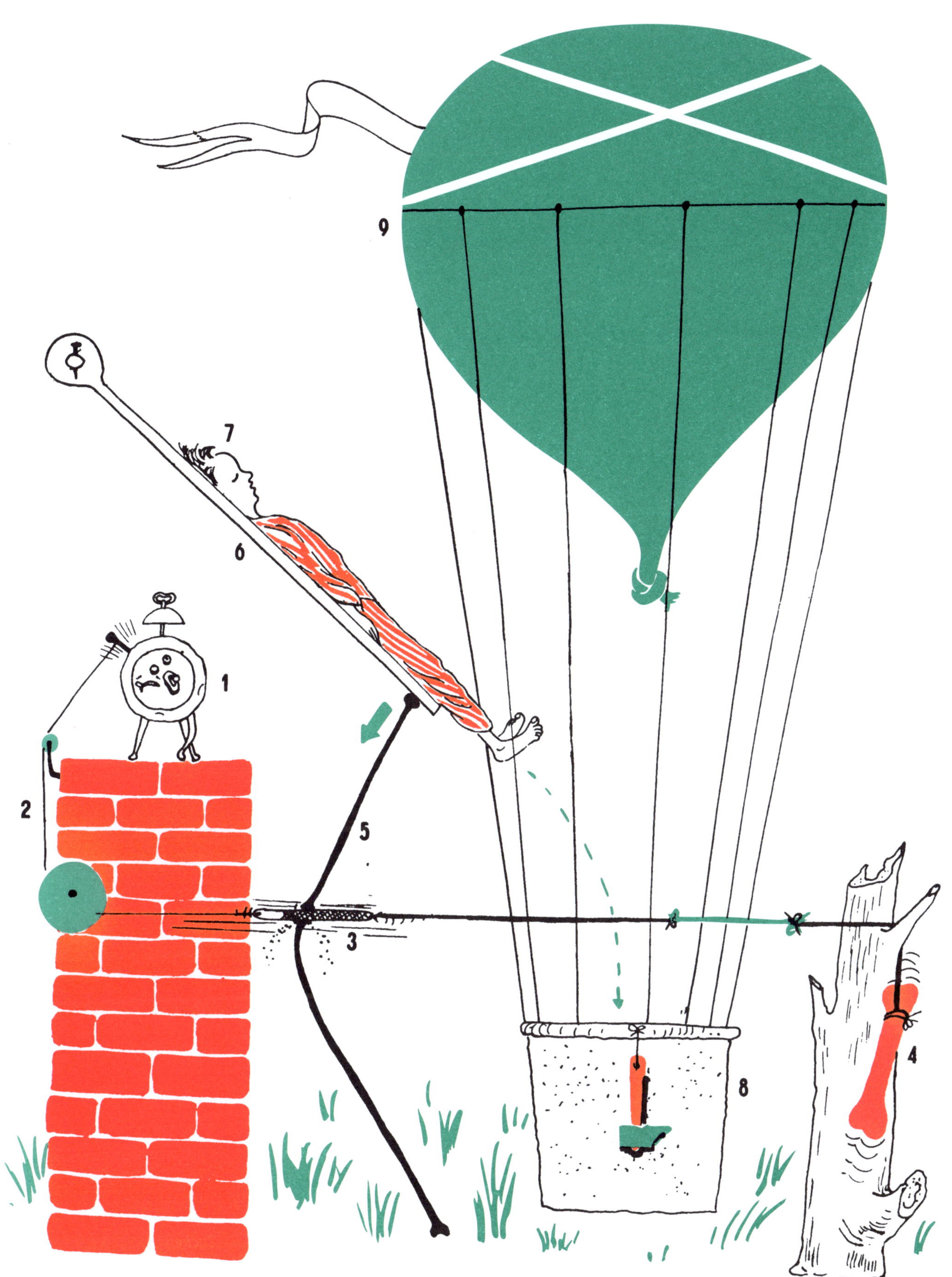

9
7
6
1
2
5
3
4
8

Schwanzwedelmaschine für faule Hunde

Mit einem Pfeil aus dem Blasrohr (1) trefft ihr die Schnalle (2), und eine unsichtbare Feder lässt den Deckel der Hutschachtel (3) aufschnappen. Die Hutschachtel enthält verschiedene Dinge: achtzehn Steine, eine leere Flasche, elf Teleskoplinsen, einen Gaszähler und eine Brieftaube mit Kamm und Striegel für glatzköpfige Sizilianer.

Die Taube (4) erhebt sich mit ihrem üblichen Köfferchen in die Lüfte, doch an eines ihrer Füßchen ist ein schwarzer Seidenfaden (5) gebunden, der am anderen Ende um die Radachse (6) gewickelt ist. Als die Taube auffliegen will, rollt sich der Faden ab und das Rad beginnt sich zu drehen: Dies wiederum versetzt vermittels einer Pleuelstange die Schneiderelle (7) in eine Hin- und Herbewegung. Wollt ihr eine Lakritzstange? Nein? Wie wär's mit einem Äpfelchen? Auch nicht? Dann wenigstens einen kleinen Grappa? Eine geschälte Tomate? Nichts, wirklich gar nichts? Dann eben nicht. Machen wir weiter. An der Elle ist ein (auf dem Kopf stehendes) Modell des Eiffelturms (8) befestigt, eine elende Fummelei, sage ich euch. Ein schmuckes Band aus himmelblauem Samt (9) überträgt die Bewegung an den Stab (10), welcher am Schwanz des faulen Hundes angebracht ist.

Anmerkungen

a) *Passt mal auf, ich beschreibe euch jetzt einen harmlosen, bei vielen Menschen beliebten Zeitvertreib: Man nehme ein mit trockenem, in kleine Fetzen geschnittenem Laub gefülltes Papierröllchen und halte es mit leichtem Zusammendruck der Lippen für einen Moment in Position. Man reibe sodann ein hölzernes (evtl. rot gefärbtes) Stäbchen, welches vorher (teilweise) mit einer Phosphormischung getränkt wurde, gegen einen schmalen Streifen Sandpapier. Das Stäbchen entzündet sich und man hält die Flamme ans andere Ende des mit trockenem Laub gefüllten Papierröllchens, das immer noch von den Lippen festgehalten wird. Keine Angst. Jetzt – hört gut zu, was ich sage – müsst ihr so einatmen, dass die Luft durch das Röhrchen eingezogen wird und das Flämmchen die trockenen Blätter erfasst. Wenn sie einmal brennen, bleibt ganz ruhig und fahrt damit fort, Luft durch das Röhrchen zu ziehen – und der Rauch der trockenen Blätter steigt euch in den Mund! Zieht noch ein bisschen stärker, und er steigt euch in die Lungen! Was für ein köstliches Gefühl! Ein Rausch, ein Hochgenuss! (Das ist mein voller Ernst.) Es ist unbestritten, dass der Rauch dieser Blätter wohl ein kleines bisschen schädlich sein soll. Schaut mal eurem Onkel in die Tasche, auch er hat sicherlich ein Schächtelchen mit blättergefüllten Papierröllchen bei sich. Alle haben das. Es gibt extra Plantagen dafür, und regelmäßig taucht dort jemand auf, dessen Aufgabe es ist, zu zählen, wie viele Blätter auf dem Feld wachsen. Wer weiß, wenn man sich rhythmisch einen weißlackierten Bleibarren gegen die Stirn schlägt, ruft das womöglich ähnliche Gefühle hervor. Indes hat es sich eingebürgert, auf den Rauch gewisser trockener Blätter zurückzugreifen.*

3
4
5
2
1
6
7
8
10
9

Apparat zum unterseitigen Öffnen einer Champagnerflasche

Zieht eine dieser typischen Wanduhren (1) aus dem Schwarzwald auf, bei denen ein Kuckuck die Stunden anzeigt. Halten wir uns nicht zu lange beim Zifferblatt besagter Uhr auf, ihr könnt sicher sein, das Uhrwerk funktioniert präzise und einwandfrei. Wie ich sehe, sind wir alle einer Meinung und ihr habt auch nichts mehr an den Gewichten auszusetzen. Also weiter im Text. Zur eingestellten Zeit schnellt das anmutige Vögelchen (2) heraus, woraufhin sich, sei's wegen des Krachs, sei's aus Überraschung, sei jetzt endlich mal einen Augenblick still!, das paraguayanische Karnickel (3) erschreckt und das Paket (4) fallen lässt, das es fest in der Pfote hatte. Papa, was ist da drin in dem Paket? Was weiß euer Vater schon davon, ich werd's euch selbst sagen: Es handelt sich um eine hermetisch verschlossene Dose aus Blei, in der sich eine Mischung aus Klarinettensulfat und Sardellenchlorid befindet. Diese Dose purzelt ins Schmetterlingsnetz (5), dessen Stange, an Punkt (6) von einem Scharnier unterbrochen, gegen den Abzug des chilenischen Revolvers (7) drückt und einen Schuss auslöst. Das Projektil (8) durchschlägt die Champagnerflasche (9), aus der prompt ein Strahl hervorsprudelt und Gläser, Kelche, Tassen, ach, was man will, füllt, erst die weiter entfernten, dann, mit allmählich abnehmendem Druck der Flüssigkeit, die näher stehenden.

Die Champagnerflasche thront auf einem pittoresken venezolanischen Hut, gefüllt mit gefüllten schwarzen Oliven.

Anmerkungen

a) *Der Besitzer des Revolvers ist nicht der Eigentümer des Hutes, und ich halte es für angebracht, euch darauf hinzuweisen, dass das Schmetterlingsnetz nicht ihm gehört. Das Karnickel habe ich mir ausgeliehen, wohingegen ich die Champagnerflasche in einem Geschäft erwerben musste, wo man mir auch noch den venezolanischen Hut als Dreingabe aufschwatzte, alles zusammen zum gleichen Preis. Der Besitzer des Revolvers hat sich allerdings das Projektil vom Inhaber des Karnickels ausgeborgt, welchem ich im Austausch einen Meter Sardellenchlorid versprochen habe. Ein paar Leute haben spontan ihre Gläser zur Verfügung gestellt.*

b) *Bei weiterem Klärungsbedarf ruft mich nach 18 Uhr an.*

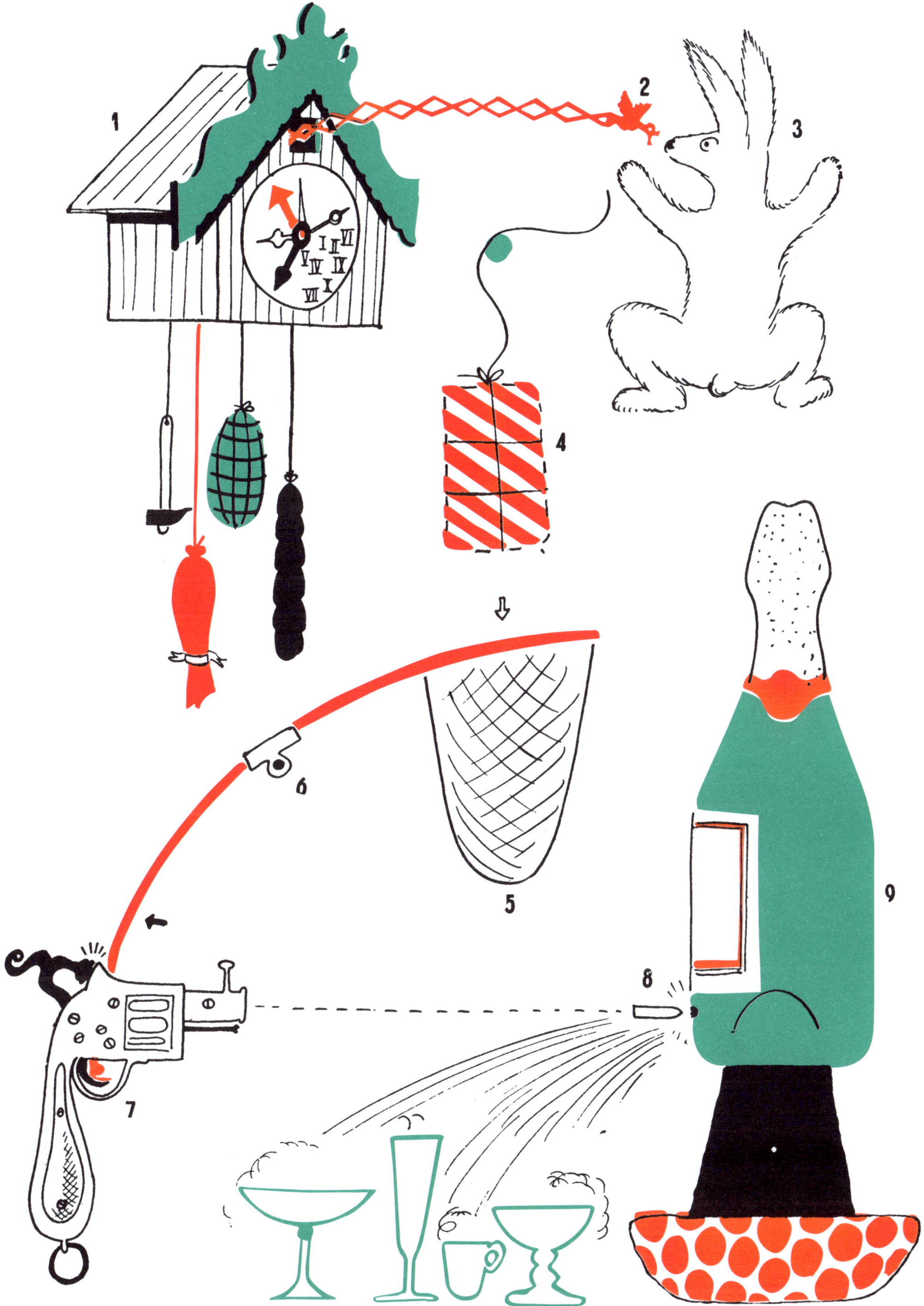
1
2
3
4
5
6
7
8
9

Rosinensprühanlage

Also wirklich, das ist mir noch nie passiert! Sämtliche Bestandteile dieser Maschine verweigern sich der öffentlichen Zurschaustellung: Umsonst habe ich angeboten, ihnen sämtliche Wünsche zu erfüllen, nichts zu machen, sie wollen unerkannt bleiben. Auf alle Fälle versichere ich euch hiermit, dass hinter jedem Versteck einer von ihnen sitzt (und wie sollte die Anlage sonst auch funktionieren?).

Also: Nummer 1 zeigt einen Vorhang aus Heißwachstuch. Dahinter steht ein weltberühmter Dirigent in Ruhepose. Eine Tsetsefliege möchte auf seiner Stirn landen, und der Maestro verscheucht sie mit einer weit ausholenden Geste. Hinter dem Bretterzaun (2) steht der Posaunist Nennello, der einen Schluckauf hat. Nennello sieht die Armbewegung des Maestro, glaubt, ihm werde der Einsatz gegeben und fängt an zu spielen. Nummer 3 zeigt die fotografische Vergrößerung eines Details einer Zigarettenrauchmaschine, na gut, ich verhehle es euch nicht, dahinter steht Nennellos Vater, der einen Haufen Geld darauf verwendet hat, aus seinem Sohn einen vollendeten Musiker zu machen, doch als er die fürchterlich schiefen Töne hört, die sein Sohn hervorwürgt, läuft er augenblicklich dunkelrot an. Ein Radfahrer ohne jede Kenntnisse in Ichthyologie, der hinter dem Mäuerchen (4) entlangfährt, hält die rote Visage von Nennellos Vater für eine Verkehrsampel und hält an, um auf Grün zu warten; als er vom Sattel steigt, tritt er einen Pfau, der gerade auf dem Weg zu seiner Verlobten ist, in die Speiseröhre. Der Pfau stößt einen schrillen Schrei aus, und ruckartig dreht sich seine Verlobte um, die ihn hinter dem mit einem feuchten Rohseidenüberwurf bedeckten Webstuhl (6) erwartete und unterdessen heimlich ein hinter dem Stein (5) verborgenes Pferd mit Holzbein beobachtete. In der Drehung stößt sie – die Verlobte des Pfauen – an einen Schalter, der Schalter löst ein Katapult aus, das Katapult katapultiert die Rosinen auf den Pudding (7), den eine begnadete, irgendwie triestinisch anmutende Köchin extra dort bereitgestellt hat.

Anmerkungen

a) *Telegramm folgt.*

1
2
3
4
5
6
7

Regenbetriebene Schluckaufmusikalisierungsanlage

Gebt eine Bestellung für ein paar Regenwolken (1) vom Roten Meer in Auftrag. Ich weise sogleich darauf hin, dass man, sollte es zu Lieferengpässen kommen, als Provisorium auch hiesige Wolken verwenden kann, vorzugsweise welche aus der Poebene oder der Gegend um den Vesuv. Die Anlage lässt sich damit genauso betreiben, doch besitzen die Wolken vom Roten Meer einen höheren Jodanteil. Nun denn, es regnet also in den Schirm (2), der vom Regenwasser immer schwerer wird und über ein Seil aus Egelmähne immer mehr Zug auf den Haltegriff (3) ausübt. Der Haltegriff lockert sich und lässt den Boden (5) des Kochtopfes (4) aufklappen, in dem sich ein ordentliches Bund frischgestochener Spargel aus Gips befindet, ein perfektes Imitat und mit einem farbigem Seidenpapierband (6) zusammengehalten. Die Spargelstangen fallen auf den mit Frühlingsluft Jahrgang 1892 aufgeblasenen Katzenbalg (7), durch den entstandenen Druck entweicht die Luft durch ein Löchlein an der Schwanzspitze, welches in das Okular eines astronomischen Fernrohrs führt, aus dem sämtliche Linsen entfernt wurden (8). Anstelle der Linsen ist da eine zweifarbige Zweiseiten-Doppeltrillerpfeife aus abwaschbarem und selbsttrocknendem Bakelit, schaut sie euch genau an, eine solche kostet im Laden ihre achthundert Lire, aber bei uns auf dem Marktplatz kriegt ihr sie schon für einssiebzig. Diese spektakuläre Pfeife (9), gestoßen von der Frühlingsluft, dringt nun ein in die Kehle des Diplomanden der Psychostenodaktylochromologie Andrea Tot Dadlé.

Anmerkungen

a) *Die Trillerpfeife ist in F-B-Es-O-Es gestimmt.*

b) *Abgesehen davon, dass er Schluckauf hat, ist Andrea auch der Erfinder von Skiern mit hohem Absatz für junge Damen von kleiner Statur.*

1
2
3
4
5
6
7
8
9

Taschentuchwinkapparat bei Abfahrt des Zuges

Habt ihr zuhause ein Aquarium? Nein? Wie schade, dann können wir diesen Apparat leider nicht bauen. Wie machen wir's nur? Wie machen wir's nur? Wie? Habt ihr vielleicht einen Freund, der ein Aquarium besitzt? Nein? Jemanden in eurer Verwandtschaft? Nicht mal einen Verwandten. Müssen wir also darauf verzichten, eine so hübsche Maschine zu konstruieren? Könnt ihr nicht eines kaufen? (Ach, ihr habt kein Geld, hm...) Wollt ihr ein Schokolädchen mit Maraschino? Ja? Gut, dann borge ich es euch halt, das Aquarium.

Da wären wir also dank eines gewieften Tricks in den Besitz des Aquariums (1) gekommen, in dessen Boden wir ohne Onkel Domenicos Wissen eine Schiebeöffnung eingebaut haben. Jetzt wird es ernst. Was wird wohl passieren, wenn wir ganz sachte am Griff (2) ziehen? Schwuppdiwupp, alle Fische landen in der Tuba (3), und nach einer windungsreichen Rutschpartie durchs Dunkel flutschen sie auf der Trommel (4) wieder ans Tageslicht, wo sie prachtvolle Luftsprünge auf dem Trockenen vollführen. Nur die Ruhe, ganz ruhig, ich bin ganz ruhig. Im Fass (5) sitzt der Stiefbruder des Hauptgefreiten Gennaro Scoccialarapa aus Suzzara (6), der gerade gemütlich den Wetterbericht der Nachmittagsausgaben einiger der wichtigsten Tageszeitungen gelesen hat. Dieser Stiefbruder hört einen eigenartigen Trommelwirbel und will nachsehen, ob es schon der Jahrestag der Bresche an der Porta Pia ist (wie er glaubte), schlägt dabei jedoch mit seinen Haaren an den Deckel und stößt ihn auf. Wie ihr euch schon gedacht habt, ist am Deckel eine Schnur (7) angebracht (aus Sparsamkeitsgründen, die sich überdies meinem Einfluss entziehen, musste ich dafür noch einmal denselben Bindfaden verwenden, mit dem bei der Maschine zur Zähmung von Weckern der Schamottstein aufgehängt war. Entschuldigt, ich habe gerade keinen anderen Bindfaden gefunden) – gut, also diese zarte, feine Schnur reißt mit einem mordsmäßigen Ruck am Abzug des Revolvers (8), welcher pflichtschuldig einen Schuss abgibt. Die Kugel trifft das Holzimitat eines Kochlöffels (9) für Transatlantikfahrten, dessen anderes Ende an einem gewaltigen Taschentuch aus himmelblauer Seide (10) befestigt ist. Dieses flattert hin und her in jener rußgeschwängerten Luft, wie sie so typisch ist für diese Jahreszeit.

Anmerkungen

a) *Der Zugführer hat einen Hühnerknochen in der Hosentasche.*

10
1
7
6
2
5
3
8
9
4

ERRATA

S. 4, Zeile 13: Statt »AUS GENOVESER FABRIKAT« lies »HERGESTELLT IN ALBISOLA MARINA«

S. 9: Der Hut der Schildkröte sollte tangorot sein, mit lilafarbener Hutschnur

S. 14, Zeile 11: Statt »247, 4« lies »249, 4«

S. 20, Zeile 9: Statt »einem Äpfelchen« lies »einer Apfelquitte«

Diese Ausgabe orientiert sich in Format und grafischem Layout
an der Erstausgabe von 1942.

Gedruckt und gebunden in Italien durch Publi Paolini, Mantova

Übersetzung aus dem Italienischen von Sabine Schulz

ISBN 978-3-03734-996-0

www.diaphanes.net